ज़िन्दगी छोटी, ख्वाब बड़े

(25 लघु कथायें)

आनन्द मेहरा

pencil

ISBN 9789354584770
© आनन्द मेहरा 2021
Published in India 2021 by Pencil

A brand of
One Point Six Technologies Pvt. Ltd.
123, Building J2, Shram Seva Premises,
Wadala Truck Terminal, Wadala (E)
Mumbai 400037, Maharashtra, INDIA
E connect@thepencilapp.com
W www.thepencilapp.com

Author biography

लेखक के बारे में ,

आनन्द मेहरा भी बिल्कुल एक आम इंसान की तरह है। नौकरी और परिवार के बीच की जद्दोजेहद उनके साथ भी चलती रहती है। जब भी थोड़ा मौका मिलता है , कलम लेकर लेखन की दुनिया में प्रवेश कर लेते है। लिखना उनका शौक है - भावनायें जब हिलोरे मारती है तो फिर कलम, शब्दों को साथ लेकर पिरोने लगती है - कभी कविताओं के रूप में या फिर कभी कहानी के रूप में।

वर्तमान में नोएडा में कार्यरत है। पहाड़ो से निकलकर शहरो में जीवन व्यापन वक्त की माँग भी है और मजबूरी भी। लेखक अपनी कविताओं का ब्लॉग " कारवाँ जारी है " भी चलाते है और अभी तक चार किताबे प्रकाशित करवा चुके है।

आप उनको सोशल मीडिया पर फॉलो कर सकते है -

ईमेल : jnvanandmehra@gmail.com
ट्विटर : https://twitter.com/Anandthewriter
फेसबुक : https://www.facebook.com/anand.mehra.758

CONTENTS

बजरी चोर नेता

कस्बे में आज बहुत हलचल थी। चुनाव की घोषणा हो चुकी थी। नेताजी आज पांच साल बाद फिर अपने क्षेत्र के दौरे पर थे। विधायक बनने के बाद जनता को एकाध बार ही उनके दर्शन हुए थे। फिर , चुनावो में इतना खर्च करने के बाद वसूलना भी तो था , और वह तो राजधानी में बैठकर ही हो सकता था।

चुनाव सिर पर थे तो जनता जनार्दन के पास तो आना ही था और ख्याली पुलाव तो दिखाने ही थे। एक जगह जनसभा का आयोजन तय हुआ था। नेता जी के गुर्गे एक हफ्ते पहले से सभा के पर्चे और लाउडस्पीकर से मुनादी करवा चुके थे। सारा क़स्बा जैसे आज उस ओर ही जा रहा था। अलग अलग गाँवों के समर्थक आयोजन स्थल पर पहुँच चुके थे। खास गुर्गो ने मालाओ का भरपूर इंतजाम किया था। घोषणा पत्र की पर्चियां स्थल के स्वागत द्वार पर ही बाँटे जा रहे है। पिछले पाँच साल की उपलब्धियाँ गायब थी , मगर अगले पाँच सालो के लिए क्षेत्र के विकास का रोडमैप तैयार था। स्कूल , स्टेडियम , पेयजल योजना - हर घर पानी - हर घर नल , अस्पताल - सब अगले पाँच सालो में बनाने के नेताजी के वादे थे। पिछले घोषणा पत्र की योजनाओ का क्या हुआ ? इतना हिसाब लगाने कि किसको फुर्सत थी।

80 वर्षीय दीनानाथ काका भी लाठी लेकर चल रहे थे। पिछले

55 सालो से लगातार वोट डाल रहे थे और न जाने कितने प्रतिनिधियों को उन्होंने संसद और राज्य सरकार में भेजा था। सभा मंच पूरा सज गया था और जनता आतुर निगाहो से अपने प्रिय नेताजी की बाट देख रही थी। उनके आने से पहले उनके चेलो ने मंच संभाल रखा था। उनकी तारीफों के कसीदें पड़े जा रहे थे और उनके विकास कार्यो का बखान किया जा रहा था। कई कार्य तो ऐसे गिनाये गए जिसकी जनता को ही खबर नहीं थी। थोड़ी देर में नेताजी का काफिला दिखाई दिया। 10 - 12 गाड़ियों के काफिले के साथ नेता जी झक सफ़ेद कुर्ता पहने उतरे , चेले फूल मालाएँ पहनाने को आतुर थे। मंच संभालने वाले चेले ने भी नेताजी जिंदाबाद के नारे लगवाने शुरू कर दिए।

काका दीनानाथ भी अपने लाठी के सहारे खड़े हो गए और नेताजी का पैदल काफिला अब मंच की तरफ बढ़ चला था। चेलो की नेता जी के करीब जाने की कवायद शुरू हो गयी और इसी धक्का मुक्की में एक बड़े से पेट वाले चेले का संतुलन बिगड़ा और वह काका की लाठी की तरफ जा गिरा। लाठी गिरी और काका दीनानाथ भी।

" भारत माता की जय।" कहते हुए काका दीनानाथ जमीन पर औंधे मुँह गिर पड़े और वो चेला जैसे वज्रपात बनकर उनके ऊपर जा गिरा। जल्दी से अपने को संभाल कर वह फिर काफिले की तरफ भागा। पूरी जनता सभा मंच की तरफ चल दी। काका अपने टूटे हुए चश्मे को आँखों में लगाकर लाठी ढूँढने लगे। जैसे तैसे लाठी हाथ आयी तो सभा स्थल की तरफ न जाकर घर की ओर चल दिए।
" बड़ा आया ये बजरी चोर, नेता बनकर। नहीं दूंगा इस बार

इसको वोट। इसके खानदान की रग रग जानता हूँ मैं। पटवारी रहते हुए मैंने ही तो इसको जेल की हवा खिलाई थी। " बुढ़े कदम घर की तरफ चल दिए और पीछे " हमारा नेता कैसा हो " की आवाज से आसमान गूँज रहा था।

नेताजी बड़े संघर्षों के बाद यहाँ तक पहुँचे थे। लीसा चोरी, अवैध रेत खनन , जंगलात की लकड़ी की तस्करी - न जाने कितने आरोपों के बाद वह यहाँ तक पहुँचे थे। अधिकतर ग्रामीण जनता आज भी पाँच पाँच सौ रुपयों के लालच में सभा में पहुँची थी क्योंकि कम से कम ये कुछ तो प्रत्यक्ष दे रहा था बाकी तो न काम करते थे और न ही पैसे लुटाते थे।

दीनानाथ जैसे लोगो की तादाद कितनी थी ? क्या फर्क पड़ता है नेताजी को कुछ लोगो की नाराजगी से। अधिकतर जनता तो उन्ही के साथ थी। दूर जाते दीनानाथ जी के कानो में स्वर पहुँचा - " भाइयो और बहनो , विगत पाँच वर्षों की हमारी विकास यात्रा किसी से छुपी नहीं है और मैं वादा करता हूँ की विकास के इस पथ को कभी नहीं छोड़ूंगा। विकास ही मेरा लक्ष्य है। "

बिलकुल एकदम सौ प्रतिशत सत्य कह रहे थे नेताजी मंच पर। एक भी शब्द झूठा नहीं था। विकास तो बहुत किया उन्होंने। एक छोटे से घर से अब एक बंगला कस्बे में बना लिया है और राजधानी में भी एक घर खरीद लिया है। दो चार कारे , नौकर चाकर। विकास ही विकास है। जनता का क्या है ? आज फिर सपने दिखा रहे है - विकास के।
विकास तो वह इस बार भी धड़ल्ले से करेंगे - अपना, अपने कुनबे का और अपने चेलो का। ठेके भी तो देने है है - रोड

बनाने के , खड़ंजा बिछाने के , नहर बनाने के , पेयजल के। धरातल पर भले ही पूरे नहीं होते हो ठेके , कागजो में पूरे होकर तो पहुँच ही जाते है राजधानी और सरकारी आंकड़ों में तो दर्ज हो ही जाते है।

" मित्रो , मेरी प्रतिज्ञा है की इस क्षेत्र को विकास में अग्रणी बनाऊँगा।" दीनानाथ काका ने वह मोड़ पार कर लिया और फिर उनके कानो में आवाज पड़नी बंद हो गयी और वह अपने गाँव को जाने वाले कच्चे और उखड़े खड़ंजे को धीरे धीरे पार करते हुए नदी के मुहाने पहुँचे जहाँ पिछले दस सालो से एक पुल की माँग तक मंजूर नहीं हुई थी।

आपदा में अवसर

"नहीं अरविन्द , अब कुछ नहीं हो सकता। मैनेजमेंट का डिसीजन फाइनल है। आपके साथ आपकी टीम में दो और लोगो को कंपनी निकाल रही है। कोरोना के इस काल में वैसे ही कंपनी को बहुत नुकसान हो गया है। कंपनी ने हर डिपार्टमेंट में से 30 % छँटनी करने का आदेश दिया है। " एच आर मैनेजर स्वाति अरविन्द को समझाते हुए कह रही थी।

" स्वाति मैडम , बात समझने का प्रयास करिये। मैं अपने घर का इकलौता सदस्य हूँ जो कमाता हूँ। मेरी नौकरी चली गयी तो मेरा घर कैसे चलेगा ? ऊपर से घर की ई एम आई भी जा रही है। " अरविन्द ने कहा।

" देखो अरविन्द , मैं तुम्हारी इस मामले में कोई मदद नहीं कर सकती। मुझे ऊपर से आदेश आया है और मैं बताने को मजबूर है। हो सकता है कल मेरा भी नम्बर आ जाये। हाँ , इतनी सलाह जरूर दे सकती हूँ की अगर चाहे तो मैनेजमेंट से एक बार बात कर लो। "स्वाति ने कहा।

"ठीक है मैडम , मैं बात करता हूँ। " अरविन्द उठा और वाईस प्रेजिडेंट मिस्टर शुक्ला के कक्ष की और बढ़ा। वहाँ देखा तो चार पाँच लोग पहले से दरवाजे के बाहर खड़े थे और शुक्ला जी

त्यागी जी जो सर्विस डिपार्टमेंट के हेड थे को समझा रहे थे।

" देखो त्यागी , कंपनी ने सर्वसम्मति से ये निर्णय लिया है की इस काल में कुछ कर्मचारियों की छँटनी की जाये और सिर्फ उन्हें ही काम पर रखा जाए जो जरुरी है। आपका डिपार्टमेंट अभी सिर्फ चार टेक्निशियनो से चल सकता है। " शुक्ला जी बड़े रूखे से लहजे में बात कर रहे थे।

अरविन्द को समझ आ गया की अब कुछ नहीं हो सकता। वो चुपचाप अपनी सीट पर आ गया। उसे सिर्फ चिंता इस बात की थी की घर पर क्या बताइयेगा की जिस कर्मचारी को पिछले साल " बेस्ट परफ़ॉर्मर " का अवार्ड मिला था , अब वही इस साल कंपनी के किसी काम का नहीं रहा।

शाम को जब घर पर पहुँचा तो उसकी पत्नी प्रिया ने बताया की छोटे बेटे के स्कूल एडमिशन के लिए ज़ेवियर पब्लिक स्कूल गयी थी , एडमिशन के लिए एक लाख माँग रहे है और अभी पढ़ाई ऑनलाइन ही होगी।

" रहने दो अभी एडमिशन , अगले साल देखेंगे। वैसे भी वो बड़ा वाला ऑनलाइन क्लासेज में क्या सीख रहा है , तुम्हे पता है। " अरविन्द ने कहा।

वो रात अरविन्द की बड़ी भारी गुजरी। पत्नी को बताने का साहस नहीं हुआ। अगले दिन घर से ऑफिस का बहाना करके निकल तो गया , मगर ऑफिस नहीं गया। एक मॉल में जाकर फूड कोर्ट में बैठकर अपने सारे पुराने साथियो को कॉल किया की कहीं कोई और नौकरी मिल जायें मगर सब जगह से

"देखते है " या " यहाँ भी हाल बुरा है " का जवाब मिला।
सारे वेबसाइट पर फिर से अपना रिज्यूमे अपडेट किया और अगले एक हफ्ते तक यही दिनचर्या रही। शनिवार के दिन जब वो फिर से जाने को तैयार हुआ तो उसकी पत्नी ने टोका ," आज शनिवार है। तुम्हारा ऑफ रहता है। " तो अरविन्द एक बार तो चौंक गया की टेंशन की वजह से वो ये भी भूल गया मगर बोला ," नहीं, आज कंपनी ने बुलाया है। वो लॉक डाउन के चक्कर में बहुत काम पेंडिंग पड़ा है। " कहकर अरविन्द निकल गया।

उस दिन अरविन्द ने निर्णय लिया की अब वास्तविकता से भागने में कोई समझदारी नहीं है।   अब पत्नी को बताना ही पड़ेगा की उसकी नौकरी छूट चूकी है और अब वह बेरोजगार हो गया है।

रात को खाने खाने के बाद उसके पत्नी को सब कुछ बता दिया। पत्नी समझदार थी और वह स्थिति भाँप गयी क्योंकि वह भी आये दिन समाचारो में इस तरह के समाचार देख और पढ़ रही थी। उसने अरविन्द को ढाढ़स दिया की घबराने की बात नहीं है। नौकरी तो मिल ही जायेगी।

दो महीने गुजर गए , मगर अरविन्द को कहीं से कोई कॉल नहीं आया। जमा पूँजी सीमित थी ऊपर से घर का लोन और कार का लोन भी कट रहा था।
बीवी होम ट्यूशन करती थी मगर कोरोना की वजह से बच्चो ने भी आना छोड़ रखा था।

दिन प्रतिदिन के खर्चे अलग से मुँह फाड़े खड़े थे। नौकरीशुदा बचाता ही कितना है ?

अरविन्द दिन प्रतिदिन अवसाद में घिर रहा था। बच्चो पर चिल्लाना अब आम हो गया था। प्रिया को स्थिति की गंभीरता का अंदाजा हो रहा था मगर उसने अरविन्द को बताया की चिंता करने की आवश्यकता नहीं है, कुछ महीने तो वो अपनी सेविंग से घर चला लेगी। घर की औरत को लक्ष्मी यूँ ही नहीं कहा जाता, ट्यूशन से जमा किये पैसे अब काम आने वाले थे।

अरविन्द की तबियत थोड़ा सा ख़राब हो गयी उस दिन। हल्का बुखार था। कोरोना का शक नहीं हुआ, क्योंकि पिछले चार पाँच दिनों से वह सोसाइटी से बाहर ही नहीं गया था, मगर जब बुखार के साथ बदन दर्द बढ़ने लगा तो अरविन्द और प्रिया दोनों को शक होने लगा। प्रिया की जिद पर उसने आर टी पी सी आर टेस्ट करने के लिए घर पर ही सैंपल लेने वाले को बुला लिया। दो दिन बाद ही पॉजिटिव रिपोर्ट आ गयी। मगर संतोष की बात ये थी की अरविन्द का ऑक्सीजन सेचुरेशन कम नहीं हुआ। पांच दिनों के बाद अरविन्द मामूली खाँसी के साथ ठीक हो रहा था तो प्रिया को तकलीफ शुरू हो गयी।

जैसे तैसे उन्होंने बच्चो को घर से उनके दादा दादी के पास भेज दिया और दोनों फिर पंद्रह दिनों के बाद ठीक हो गए। कमजोरी थी, मगर, दोनों पति पत्नी ने हार नहीं मानी और कोरोना रुपी राक्षस को अपने शरीर के अंदर ही दम तोड़ने को मजबूर कर दिया। रोज़ सुबह प्राणायाम और कुछ दवाइयों के सहारे - हौंसला और प्यार के सहारे दोनों इससे बाहर निकल गए।

मगर समस्या अब कमाने की भी थी, सेविंग धीरे धीरे ख़त्म हो

रही थी। सेविंग , अगर नियमित अंतराल पर कमाई न हो तो दुने वेग से ख़त्म होती है। यही उनके साथ भी हो रहा था। उसके पिताजी उससे बार बार गाँव आने की जिद् कर रहे थे। फिर एक दिन दोनों ने सलाह मशवरा किया और कुछ दिनों के लिए गाँव की ओर रूख किया जहाँ बच्चे दादा दादी के पास पहले से थे।

बाबू जी और माता जी खुश थी की बहाना कोई भी हो , उनका इकलौता लड़का इतने सालो बाद कुछ दिनों से उनके साथ था और पूरा परिवार इकट्ठा था। अरविन्द को शहर गए लगभग पंद्रह साल से ऊपर हो गए थे और एक बार शहर जाने के बाद उसका गाँव आना लगभग न के बराबर ही हो गया था।
गाँव में कुछ दिन गुजराने के बाद अरविन्द को आभास होने लगा की जितना वो गाँव के बारे में सोचता था , गाँव तो उससे बहुत बेहतर है। बच्चे तो बहुत खुश थे ही , क्योंकि शहरो की चारदीवारी से बाहर उनको अब एक स्वंत्रत वातावरण जो मिल गया था।

मैकेनिकल इंजीनियर अरविन्द का दिमाग अब कुछ और सोचने लगा। आज तक एक ऑटो कंपनी के लिए प्रोडक्ट डिज़ाइन करने वाला अरविन्द एक दिन घर पर बैठा था और दूर एक हल जोतने वाले को देख रहा था। दो चार घंटे में अपने दो जोड़ी बैलो के साथ वह आधा खेत ही जोत पाया था। ट्रैक्टर पहाड़ो की सीढ़ीनुमा खेतो में काम करने लायक वैसे भी नहीं है। उसका इंजीनियरिंग दिमाग वही पर रुक गया और उसके दिमाग में जैसे वह बात अटक सी गयी।

अगले तीन दिन अपने कंप्यूटर में न जाने क्या टटोलता रहा

और प्रिया के पूछने पर भी नहीं बताया की आखिर वह अब दिन रात अपने कंप्यूटर में कर क्या रहा है। अगले दिन स्थानीय मार्किट पहुँच गया और हार्डवेयर की दुकानों कि खाक छानकर लोहा लखड़ इकट्ठा करके घर पहुँचा और फिर शुरू हुई उसकी असली परीक्षा।

एक महीने की मेहनत के बाद उसका पहला प्रोटोटाइप बन गया और अपने खेत पर ही उसने चलाने का प्रयास किया। उसकी मशीन चली , मगर थोड़ा चली। उसने थोड़ा डिज़ाइन में और चेंज किया , फिर ट्रायल किया।

पंद्रह दिनों बाद उसने पिताजी को अपने पुस्तैनी खेतो में चलने को मनाया और वह अपने पिताजी को पहाड़ो के लिए सीढ़ीनुमा खेतो को जोतने के लिए पोर्टेबल ट्रैक्टर का डेमो करके दिखाया जो एक मोटर की सहायता से चल रही थी और उसके पीछे लगे हल के फाल जमीन को चीर रहे थे।

पिताजी को आज अपने बेटे को इंजीनियरिंग कराने के अपने निर्णय पर गर्व हो उठा। अगले एक हफ्ते उसने पूरे गाँव को इस पोर्टेबल ट्रैक्टर का दीदार कराया जिसे एक आदमी भी उठाकर कहीं भी ले जा सकता था। एक लीटर पेट्रोल पर ये छोटा ट्रैक्टर एक घंटे में पाँच नाली जमीन जोत रहा था।

उसके आस पड़ोस के गाँव वाले भी इस ट्रैक्टर को देखने आने लगे और अरविन्द के पिताजी ने उसे सौ रुपये घंटा के हिसाब से किराये पर देना शुरू कर दिया।

अरविन्द को नए पोर्टेबल ट्रैक्टर की डिमांड आने लगी तो उसने अपने गाँव के पुराने आफर को फिर से जीवन दे दिया और उसमे दो लोगो को रोजगार।

अरविन्द ने गुरुग्राम, फरीदाबाद और दिल्ली के कुछ वेंडरों के

साथ बात की और अपने ज़िले में पहली मैन्युफैक्चरिंग कंपनी के लिए अप्लाई कर दिया। डी एम् साहब खुद चलकर कंपनी के उद्घाटन के मौके पर आये।

अरविन्द ने आपदा में अवसर ढूँढ लिया और महामारी के दौर में कितने ही नौजवानो को रोजगार देकर पलायन रोकने में मदद कर दी। टिन शेड में चल रहा उसका कारखाना जल्द ही बड़ा भी हो जायेगा।

अपने ज्ञान से उसने पहाड़ो को एक नयी दिशा तो दिखा ही दी है। आज वह प्रकृति की गोद में बैठकर अपना काम धंधा चला रहा है और प्रिया भी अपना एक स्कूल खोलने की तैयारी में है। दादा दादी की तो जैसे मुँह मांगे मुराद पूरी हो गयी है। बेटा बहू के साथ पोते में उनका जी बहल जाता है और पोते भी दादा से गाँव के बाघ , भालुओ की कहानियाँ बड़े चाव से सुनते है।

सिंगल मदर

"व्हाट्सप्प के मैसेज के नोटिफिकेशन की टोन बजी। रात के साढ़े ग्यारह बजे अक्षिता सोने की तैयारी कर ही रही थी। उसने सोचा देखती हूँ क्या मैसेज आया है। एक अनजान नंबर से "hi " लिखा था। प्रोफाइल में कोई फोटो भी नहीं थी। अक्षिता सोच में पड़ गयी की रात को साढ़े ग्यारह बजे कौन चैट करना चाहता है। कुछ देर सोचने के बाद उसने भी "hi " लिख दिया।

थोड़ी देर तक कोई मैसेज का रिप्लाई नहीं आया तो वो सो गयी मगर दिल में अजीब सा कौतुहल था की मैसेज किसने भेजा मगर थकान इतनी थी की वह सो गयी।

अगले दिन सुबह फ़ोन देखा तो २~ ३ मैसेज उसी नंबर से फिर आये थे।   ऑफिस में जाकर फ़ोन करूँगी और पता करती हूँ की ये हैं कौन?

हिम्मत करके उसने उस फ़ोन पर फोन लगाया तो उत्तर आया की फ़ोन स्विच ऑफ है।

ऑफिस के काम में उलझी रही तो फिर ख्याल ही नहीं आया।

अक्षिता को अभी इस ऑफिस में ज्वाइन किये हुए एक महीना ही बीता था। सिंगल मदर अक्षिता का एक दस साल का बेटा था। पति से तलाक हुए ७ साल हो गए थे। घर में उसके साथ उसकी बूढ़ी माँ भी थी।

अक्षिता ने पिछली कंपनी इसलिए छोड़ी क्यूंकि वहाँ पर सब लोगो को पता हो गया था की वह सिंगल मदर है और इसका फायदा उठाने वालो की कमी नहीं थी। उस ऑफिस में काम करते हुए ही उसका तलाक हुआ था। लोग तरह तरह की बातें करते थे। कुछ लोग तो हमदर्दी जताकर कुछ और की भी उम्मीदें बाँध बैठे थे। इसलिए उसने कंपनी बदलने का निश्चय किया और जल्दी ही उसे इस नयी कंपनी में नौकरी मिल गयी थी।

रात को अक्षिता की व्हाट्सप्प की टोन फिर बजी। उसने फिर " हाई " का मैसेज भेजा था। अक्षिता ने तुरंत फिर उस फ़ोन नंबर पर फ़ोन लगाया , मगर फ़ोन स्विच ऑफ ही जा रहा था। "अगर फ़ोन स्विच ऑफ है तो ये मैसेज कैसे इस नंबर से आ रहा है ?" उसका माथा ठनका।

उसने तुरंत अपनी एक दोस्त को फ़ोन लगाया और उसको बताया तो उसने बताया की किसी स्विच ऑफ नंबर से भी व्हाट्सप्प चलाया जा सकता है। नंबर पुराना होगा मगर फ़ोन इंटरनेट से कनेक्ट होगा। फिर उसने बताया की ट्रू कॉलर फ़ोन पर इंस्टॉल करके सर्च कर सकती हो किसका नंबर है।

उसने तुरंत ट्रू कॉलर इंस्टॉल किया और नंबर सर्च किया। वह नंबर उसके पुराने ऑफिस के ही एक कलीग का था , जो उसको बहुत परेशान करता था। पूरे ऑफिस में वह बदनाम था।
" मैंने तो कभी इस आदमी को अपना पर्सनल नंबर नहीं दिया था , फिर इसके पास कहाँ से आ गया ?" मन ही मन अक्षिता ने

सोचा।

उसने तुरंत अपनी एक कलीग को फ़ोन किया जो उसके साथ उस ऑफिस में काम करती थी।   उसने बताया की दो दिन पहले वह उसके पास आया था और उसने उससे उसका फ़ोन नंबर लिया था क्यूंकि टीडीएस से रिलेटेड कुछ इश्यू था और वह उससे बात करना चाहता था।   इसलिए उसने दे दिया।

अक्षिता को माजरा समझ आ गया। सिंगल मदर होना अभी भी समाज को अखरता है और कुछ भेड़िये इसी फ़िराक में रहते है।

बासी खाना

"दादी माँ , क्यों आप बासी खाना खाती हो ?" 13 वर्षीय आकाश ने अपनी दादी माँ से कहा।

" शाम को जब तेरे पापा घर आएंगे , तो उनसे पूछना ?" दादी माँ ने कहा।

शाम को जब आकाश के पापा घर लौटे तो आकाश ने यही सवाल अपने पापा से पूछा।

" आकाश , आपकी दादी माँ इसलिए बासी खाना भी खा लेती है क्यूंकि वह नहीं चाहती की अन्न की कोई भी बर्बादी हो। " आकाश के पापा ने कहा।

" अरे पापा , हम तो इतना खाना यूँ ही वेस्ट कर देते है। हमारे घर में खाने की कोई कमी थोड़े न है। और ये दादी , खाना खाने से पहले मंत्र क्यों पढ़ती है ? " आकाश ने तपाक से उत्तर दिया।

" बेटा , जब हम छोटे थे, हमारे पापा गुजर गए थे। माँ इधर उधर काम करके हमारे लिए खाने का इंतजाम करती थी। कई बार तो हम भूखे भी सो जाते थे। माँ को बड़ा दुःख होता था। इसलिए वह अन्न का एक कण भी बर्बाद नहीं होने देती और वह खाना खाने से पहले मंत्र नहीं पड़ती , वह भगवान् को धन्यवाद देती है खाने देने के लिए। " आकाश के पापा ने कहा।

" अच्छा। " आकाश अपनी दादी माँ की तरफ बढ़ा और बोला ," दादी , अब हम बिलकुल भी खाना वेस्ट नहीं करेंगे। जितना खाना खाना है , उतना ही बनायेंगे और रोज़ खाना खाने से पहले भगवान को धन्यवाद करेंगे। "

दादी माँ ने प्यार से आकाश के सिर में हाथ फेरते हुए कहा ," पढ़ा दी तेरे पापा ने तुझे पट्टी। "

" हाँ दादी, मगर सही पढ़ाई। " आकाश ने उतर दिया।

लिफाफा

" अरे राहुल , अम्मा बाबाजी के लिए इतने महँगे कपडे खरीदने की क्या जरुरत ?" निशा ने राहुल को अम्मा के लिए एक कश्मीरी शाल पसंद करते हुए कहा।
" निशा , तीन साल बाद जा रहे है अम्मा बाबूजी से मिलने , इतना तो बनता है। " राहुल ने शाल दूकानदार को पैक करने के लिए देते हुए कहा।
"अच्छा , प्रियांशु के लिए कल जूता खरीदते हुए तो तुम बड़ा गुस्सा हो रहे थे की इतना महँगा जूता क्यों खरीद रही हो ?"

"अरे निशा , प्रियांशु के जूते हर साल छोटे हो जाते है तो उसके लिए इतना महंगा जूता अभी खरीदने की जरुरत नहीं थी। " राहुल ने दूकानदार को पैसे पकड़ाते हुए कहा।

राहुल और निशा , दस साल पहले अपने गाँव से दूर एक शहर में जा बसे थे। नौकरी थी , क्या करते ?

अगले दिन , राहुल निशा और प्रियांशु को लेकर अपने गाँव पहुंच गया। राहुल ने अम्मा बाबू को नए कपडे दिए तो अम्मा ने राहुल को डाँटा और कहा ," बेटा , हमें इतने महंगे कपडे लाने की जरुरत नहीं थी। हमारे पास वैसे ही बहुत है। "
तभी तपाक से निशा बोल उठी ," हाँ माँ जी , मैं भी राहुल को

यही समझा रही थी।   ये लाल वाला शाल तीन हजार रुपये का है और ये बाबू जी का कुर्ता पायजामा ढाई हजार का। "

निशा सब सामान का प्राइस टैग बताते चली गयी। राहुल को अजीब लगा तो वो निशा को वहाँ से ले गया।
दो दिन गाँव में बिताने के बाद जब अम्मा बाबू जी को अलविदा कहने का समय आया तो बाबू जी ने राहुल को पास बुलाया और एक लिफाफा पकड़वाया और कहा ," राहुल , इस लिफ़ाफ़े में पचास हजार रुपये और प्रियांशु के नाम की दो लाख रुपये की एफ डी है।   मेरी पेंशन के पैसे बच जाते है। हमारा तो बहुत थोड़ा ही खर्चा है।   सोचा , तेरे और तेरे बच्चो के काम आ जायेगा। "
निशा की आँखे चमक उठी और बाबू जी वो लिफाफा लेते हुए कहा ," अरे बाबूजी , इसकी क्या जरुरत थी ? " और अपने पर्स में डाल लिया।

राहुल निशब्द सा बाबूजी और निशा , दोनों को देखते रह गया।

नयी ज़िन्दगी

" अरे आप यहाँ ?" प्रीती ने अस्पताल के बेड पर लेटे लेटे आये हुए शख्श से पूछा।

" हाँ , वह रिचा ने मुझे बताया आपकी हालत के बारे में। देखने आया था। " फूलों को बेड के साइड में रखते हुए उसने कहा।

प्रीती और राघव का दो साल पहले ही तलाक हुआ था। दोनों के विचार आपस में मेल नहीं खा रहे थे तो दोनों ने सहमति से अलग होने का निर्णय लिया था।

प्रीती को पिछले महीने ही ब्रेस्ट कैंसर होने का पता लगा था। एक कॉमन फ्रेंड के जरिये राघव को भी इस बात का पता चल गया था। पहले उनसे सोचा की अब तो वो मेरी ज़िन्दगी का हिस्सा रही नहीं तो उसे क्या फर्क पड़ता है , मगर जब उसने अतीत में झाँका तो उसको प्रीती के साथ बिताये वो तमाम सुख के पल भी याद हो आये।

सुबह उठकर उससे मिलने और हालचाल पूछने का निर्णय लिया। प्रीती अपने माँ बाप के पास चली गयी थी। जॉब भी अब करना मुश्किल हो चुका था।

अगले दो महीने राघव ने लगातार अस्पताल के चक्कर लगाए और प्रीती का सारा खर्चा खुद वहन किया।

आज प्रीती की अस्पताल से छुट्टी होने वाली थी। राघव सारी औपचारिकताएं पूरी कर चूका था। गाड़ी में उसको घर ले जाने

के लिए प्रीती को बैठाया।   रास्ते में प्रीती ने पूछ ही लिया ," राघव , जब हमारा तलाक हो ही गया तो ये सब क्यों ?"

राघव ने शीशे से पीछे वाली सीट पर बैठी प्रीती को कहा ," तलाक हो गया तो क्या ? प्रीती , हम एक जमाने में पति पत्नी थे और हमने बहुत अच्छे दिन भी साथ में गुजारे है। वो ठीक है की किन्ही कारणों से हमने अलग होने का निर्णय लिया। इसका मतलब ये कतई नहीं था कि हम बुरे वक्त में एक दूसरे के काम नहीं आएंगे। "

राघव ने फिर थोड़ी देर के लिए चुप्पी साध ली। प्रीती भी न जाने किन विचारो में खो गयी। करीब आधे घंटे बाद , राघव ने प्रीती को उसके घर छोड़ दिया और दवायें कैसे लेनी है , बताकर निकल गया।

जब भी चेकअप के लिए जाना होता था , राघव प्रीती के घर आकर ले जाता।   छः महीने बाद डॉक्टरों ने प्रीती को कैंसर मुक्त घोषित कर दिया।   उस दिन प्रीती ने राघव से पूछ ही लिया ," राघव , ये सब क्यों किया ?"

राघव ने बड़े शांतचित होकर उतर दिया ," ताकि आप एक नयी ज़िन्दगी शुरू कर सको। जब भी जरुरत होगी , एक दोस्त की हैसियत से याद कर लेना। हाजिर हो जाऊँगा। "
बहुत कम होता है ऐसा , मगर होता है तो सुकून देता है की मानवीय मूल्य ज़िंदा है।

लालसा

बड़ी सी सोसाइटी और उसके गेट के बाहर दुपहरी में आरव के स्कूल बस से लेने के लिए उसकी माँ रोज पांच मिनट पहले ही खड़ी हो जाती थी। वही थोड़ी दूर पर सब्जी बेचने वाले मोहन का ठेला था। उसका बेटा भी आरव की उम्र का ही था। वह भी दिनभर अपने पिता के ठेले के इर्द गिर्द ही रहता था। महज चार साल के ही तो तो दोनों बच्चे।

स्कूल से आते हुए आरव की हर रोज़ उस बच्चे से नजरे टकराती थी और दोनों एक दूसरे को देखकर जैसे मुस्कराते थे। आरव जैसे थका मांदा उतरते ही माँ की गोद में चढ़ जाता था और कनखियों से उस बच्चे को देखता था की सड़क के किनारे वह कैसे खेल रहा है ? कभी मिटटी के साथ या कभी सब्जियों को एक के ऊपर एक रखकर मीनार बनाने वाला खेल।

दोनों जैसे एक दूसरे को हसरत भरी निगाहो से देखते थे। आरव को भी मिटटी से खेलने की इच्छा होती थे - बेरोकटोक और मोहन का बेटा , ज़ारव की तरह उस बड़ी सी सोसाइटी जो उसे महल की तरह लगती थी - एक बार अंदर जाना चाहता था।

बच्चे भी न , बच्चे होते है। उन्हें क्या पता होता है - अमीरी और

गरीबी का फर्क।   एक सड़क पर रहते हुए दोनों में जैसे बहुत बड़ा फासला था मगर दोनों नादाँ बच्चे एक दूसरे की ज़िन्दगी की लालसा लिए हुए थे।

सोसाइटी पार्क

रोज़ वह वृद्ध महिला सोसाइटी के पार्क के बेंच में बैठी मिलती थी। राजन अपनी पाँच वर्षीय बिटिया को लेकर सुबह पार्क में टहलने के ले जाता था , रोज़ उसकी बिटिया उससे पूछती थी ," पापा , ये दादी रोज़ यहाँ अकेले बैठ कर क्या करती है ?"

बच्ची के लिए सब वृद्ध महिलायें "दादी " ही थी। एक दिन राजन ने पार्क में टहलते हुए बिटिया को उनके पास भेज दिया। बिटिया ने बेंच में बैठी महिला से पूछा ," दादी , आप रोज़ सुबह पार्क में इस बेंच में बैठकर क्या करते हो ?"

वृद्ध महिला जैसे किसी घनघोर तन्द्रा से जागकर सहसा बोल उठी ," गुड़िया , मैं तो यहाँ टहलने आती हूँ। "
"लेकिन आप तो बैठे रहते हो। टहलते तो हो नहीं ?" गुड़िया बोल उठी। " चलो आप मेरे साथ घूमो। मेरे पापा भी साथ में है। हम तीनो पार्क का चक्कर मारेंगे। " और उसने वृद्ध महिला का हाथ पकड़ा तो वृद्ध महिला भी इंकार न कर सकी। उनका चेहरा जैसे चमक सा गया और चेहरे की झुर्रियों के बीच जैसे नयी जान सी आ गयी।

अब ये रोज़ का सिलसिला हो गया। गुड़िया को एक नयी "दादी " मिल गयी और वृद्ध महिला को उनके "एकांत " का साथी।

गुड़िया ने जब अपने जन्मदिन पर वृद्ध महिला को भी बुलाया तो पता लगा , वो मिसेज सक्सेना है। सरकारी अफसर थी , दो बेटे और एक बेटी की माँ। मिस्टर सक्सेना को गुजरे एक साल हो गया था। बेटे और बहु अलग शहरो में थे और वह अकेले ही रहती थी। गुड़िया के पापा और मिसेज सक्सेना एक ही ज़िले के रहने वाले निकले और खोदने पर दूर का रिश्ता भी निकल आया।

अब तो गुड़िया को दूसरा घर भी मिल गया और दादी को उनकी पोती। जी सा उठी फिर से वह वृद्ध महिला और रोज़ पार्क में गुड़िया के साथ चक्कर मारना अब उनको भाने लगा।

गरीब

"मम्मी , गरीब कौन लोग होते है ?" सात वर्षीय ऋषभ ने स्कूल से आकर अपनी मम्मा से पूछा।

" बेटा , गरीब वो लोग होते है जिनके पास अपना घर नहीं होता , खाना नहीं होता , कपडे नहीं होते ?" मम्मी ने ऋषभ के टिफिन बॉक्स को सिंक में रखते हुए कहा।

" क्यों ? उनका पास अपना घर , खाना और कपडे क्यों नहीं होते ?" बालमन सुलग उठा।
" क्यूंकि उनके पास पैसे नहीं होते ?" मम्मी ने प्यार से हाथ फेरते हुए कहा।

"उनके पास पैसे क्यों नहीं होते ? क्या वो जॉब या बिज़नेस नहीं करते जैसे मेरे पापा करते है ?" बालमन ने फिर सवाल दागा।
" वो जॉब या बिज़नेस करते है लेकिन इतने पैसे नहीं कमा पाते। " माँ ने उतर दिया।

"क्यों ?"
"क्यूंकि वो कम पढ़े लिखे होते है ? इसलिए पढाई करना बहुत जरुरी है। खूब पढ़ लिखकर ही अच्छी जॉब मिलती है और बहुत सारे पैसे मिलते है। " मम्मी ने उसके स्कूल बैग को उसके

कमरे में रखते हुए कहा।

" फिर तो मम्मी हमारी टीचर बहुत पैसे कमाती होंगी। वो तो बहुत पढ़ी लिखी है , तभी तो हमें पढ़ाती है। " बालमन ने विश्लेषण क्षमता का परिचय देते हुए कहा।

" मुझे भी टीचर बनना पड़ेगा क्या मम्मी ?" जिज्ञासा ने उफान मारा।

" हाँ , पहले पढाई करो , फिर जो बनना है , बन जाना " मम्मी ने डाइनिंग टेबल पर खाना परोसते हुए कहा।
गरीबी और गरीब क्यों होते है ? शायद माँ भी अनजान थी।

चोरी

पिछले १० दिनों से रोशन लाल जी थाने के चक्कर काट रहे थे। घर में चोरी हो गयी थी। चोर सारा माल उड़ा ले गए थे। आज भी पहुँचे ही थे , की देखा पुलिस वाले अपनी जिप्सियों में बड़ी तेजी से कही जा रहे थे।

पूछने पर पता लगा की सांसद महोदय की मौसी जी की बेटी के गले से सोने की चैन लेकर बदमाश फरार हो गए है।   रोशन लाल जी पुलिस वाले की त्वरित कार्रवाई से बड़े प्रभावित हुए और उन्हें भी उम्मीद जगी।

थाने के अंदर सिर्फ एक कांस्टेबल बैठा था और वो भी कुर्सी पर अर्धनिद्रा आसान लगाए था।   थोड़ा झकझोरने पर जगा तो रोशन लाल जी ने पुछा ," साहब , वो कुछ पता लगा? " कांस्टेबल जैसे सोते से जागा।   " किसका ?" हड़बड़ाकर पूछा। " बदमाशों का जिसने मेरे घर में डाका डाला। " रोशन लाल जी ने पूछा।

" अरे बाबा , पता लग जायेगा तो आपको सूचित कर देंगे। अभी तो पूरा थाना एक़ चैन छूढ़ने ख़ले लगा है। " कांस्टेबल ने कहा।

थोड़ी देर में , पुलिस के एक जिप्सी आ गयी। दो पुलिस वाले एक आदमी को हथकड़ी पहनाकर जीप से उतारे और

इंस्पेक्टर साहब के चेहरे पर विजयी मुस्कान थी।

" अरे , राम सिंह , सांसद जी को फ़ोन लगा। हमने चोर को पकड़ कर चैन बरामद कर ली। "
" जी साहब " - आनन् फानन में फ़ोन लग गया।

रोशन लाल जी इंस्पेक्टर के पास पहुंचे और कहा ," साहब , वो मेरे घर की चोरी का भी कुछ पता चला ?"
इंस्पेक्टर ने उतर दिया ," हम कोशिश कर रहे है। पता लगते ही आपको सूचित कर देंगे। "
"राम सिंह , आज का टारगेट पूरा हुआ। सबके लिए चाय और समोसे मँगा। "
"जो हुक्म सर।"

पुलिस वाले चाय और समोसा खाने में व्यस्त हो गए और रोशन लाल जी "सब मिले हुए है " बड़बड़ाते हुए आज फिर खाली हाथ लौट गए।

एप्पल 10 X फ़ोन

सारे ऑफिस में हल्ला मच चूका था। सी ई ओ साहब का एप्पल का फ़ोन गुम चूका था। अभी इसी दिवाली पर तो खरीदा था। सारे डिपार्टमेंट में खबर पहुँच चुकी थी। सब डिपार्टमेंट में सर्च ऑपरेशन शुरू हो चूका था। ज्यादा संदेह एकाउंट्स और एडमिन डिपार्टमेंट की तरफ था क्यूंकि आज ऑफिस आकर सी ई ओ साहब इन्ही दो डिपार्टमेंट्स में राउंड मारने गए थे। मगर अब चूकि मामला सी ई ओ साहब के फ़ोन का था , तो सब डिपार्टमेंट हाई अलर्ट पर थे। प्रोजेक्ट ऑफिस वाले तो तीन घंटो का पूरा लेखा झोखा बना चुके थे और ऑपरेशन्स वाले तो टीमें गठित कर अपना सर्च अभियान चला चुके थे। एकाउंट्स और एडमिन डिपार्टमेंट्स वाले पसीना पोछ रहे थे। दनादन रिंग रिंग किये जा रहे थे और फ़ोन " स्विचड ऑफ " जा रहा था। कुछ तो गड़बड़ थी। सिक्योरिटी वाले मुस्तैद हो गए थे। पूरे ऑफिस में अघोषित इमरजेंसी लागू हो चुकी थी और हरेक कर्मचारी एक दूसरे को शक की निगाह से देख रहा है और आख़िरकार "एप्पल 10 x " का मामला था और फिर सबका सपना भी तो था " एप्पल 10 X " भले ही दूसरे ब्रांड के फोनो में इससे ज्यादा फीचर हो , मगर एप्पल , एप्पल है भाई।

मामले को एक घंटे से ज्यादा हो गया था , सब चिंतित मुद्रा में

अपनी सीट पर काम किये जा रहे थे और ऐसा लग रहा था जैसे उनका कोई बेहद कीमती सामान खो गया हो। अब कॉर्पोरेट वर्ल्ड में ये सब तो करना पड़ता है और शायद ये तरक्की की एक सीढ़ी भी हो। " काम मत करो , मगर काम की चिंता जरूर करो और जाहिर करते रहो। "

सी ई ओ साहब को कोई चिंता नहीं थी , उन्होंने तो फ़ोन खरीदकर फ़ोन का बिल कंपनी में जमा कर दिया था और एकाउंट्स ने भी अगले ही दिन सारा अमाउंट सीधे साहब के अकाउंट में रिम्बर्स कर दिया था।
तहकीकात में इस बात का खुलासा तो हो चूका था की सी ई ओ साहब फ़ोन लेकर ही ऑफिस आये थे। इस बात की तस्दीक करने वालो में एकाउंट्स हेड श्री गुप्ता जी थे जिन्होंने भरे दरबार एलान कर दिया था की सुबह दस बजे ही उनकी साहब से बात हुई थी उस नंबर पर और साहब ऑफिस में पहुँच चुके थे। मतलब साफ़ था की फ़ोन तो ऑफिस में आकर ही गुम हुआ है। पैंट्री बॉय , सिक्योरिटी गार्ड , ऑफिस बॉय से एडमिन वाले अपने स्टाइल में पहले ही पूछतात कर चुके थे।

सारे डिपार्टमेंट वाले अपनी फाइल ,ड्रावर , फाइल्स शेल्वेस - सब डर डर के खंगाल चुके थी की कही उनके यहाँ वो फ़ोन न प्रकट हो जाए। अपने पर संदेह करते हुए कई लोग तो अपना बैग , टिफ़िन बॉक्स भी खोल कर देख चुके थे की कही जादू से उनके पास तो नहीं घुस गया। हालात यह थी की अपने फ़ोन को भी अलट पलट कर देख रहे थे - कही ये तो नहीं ?

हर बीतता क्षण अब कंपनी में बेचैनी बढ़ा रहा था। तभी कॉरिडोर से एच आर हेड मिस्टर श्रीवास्तव पसीना पोछ्ते हुए

मगर चेहरे पर मुस्कान लिए प्रकट हुए।

एकाउंट्स हेड गुप्ता जी उनकी ओर लपके और दोनों ने कुछ खुसर पुसर की तो गुप्ता जी का चेहरा भी दमक उठा। दोनों ठहाके मारते हुए अपने अपने केबिन में दाखिल हो गए।

कॉर्पोरेट कल्चर है भाई , हेड लोग आपस में ही बात करते है और दूसरे छोटे कर्मचारियों से ऐसी बात नहीं करते , बस सिर्फ काम की बात करते है। लेकिन कुछ तो कलाकार यहाँ भी होते है , भले ही छोटे पद पर ही क्यों न हो। ऑफिस की एक एक खबर पर नजर रखते है , भले ही अपना काम पेंडिंग रह जाए।

आईटी मैनेजर - शुक्ला सीधा , अपने कलीग एच आर मैनेजर प्रिया के पास पहुँचा और वह भी खुसर पुसर करके चला गया। ऑफिस में लगभग सारे उच्च कर्मचारियों को बात पता चल गयी थी मगर मंझले और जूनियर कर्मचारी बेचारे अभी भी सकते में थे और चुपचाप सारे माजरा समझने की कोशिश कर रहे थे , ध्यान अपने कंप्यूटर पर था मगर कान हर खुसर पुसर को सुनने के लिए बेताब।

आखिरकार , सबका लाड़ला , बातूनी , बेबाक - रवि का आना हुआ और सारी नजरे उसकी तरफ हो गयी। उसने पहले नजरें इधर उधर घुमाई , कोई नहीं देखा तो एच आर की पारुल को सब कुछ बता दिया की सी ई ओ साहब का फ़ोन उनके केबिन के बाथरूम में वाशबेसिन के ऊपर पड़ा मिला। सफाई वाला विनोद जब बाथरूम से कूड़ा निकालने गया तो उसे फ़ोन वाश बेसिन के साइड में पड़ा मिला और उसने सी ई ओ साहब को दे दिया।

अब फ़ोन लेकर सी ई ओ साहब बाथरूम में क्यों गए ? हो सकता है - फ़ोन पर बात करते करते वो बाथरूम में घुसे हो , और फिर वही छोड़कर आ गए हो ? या फिर कोई और कहानी हो। ये तो सी ई ओ साहब ही जाने। अब "स्विचड ऑफ " क्यों बता रहा था ? ये तो सी ई ओ साहब ही जाने। मगर जब उन्होंने फ़ोन "ऑन " किया तो पाया की 100 से ऊपर की मिस्ड कॉल की नोटिफिकेशन उनके फ़ोन के मैसेज बॉक्स में चमक रही थी।

पूरा ऑफिस एक बड़ी राहत की सांस लेकर अपने रोज़मर्रा के कामो में लग गया।

चीप आदमी

"बच के रहना शुक्ला से। बड़ा चीप आदमी है। चेप हो जाता है। " निशा ने आज ही ज्वाइन करने वाली प्रियांशी को ये बात बताई।
"अच्छा , अभी थोड़ी देर पहले ही मैं उनसे मिल कर आयी हूँ। मुझे तो ऐसा कुछ नहीं लगा। " प्रियांशी ने कहा।

" डायवोर्सी है। ऑफिस वाले बताते है की अपनी वाइफ के साथ बहुत मारपीट करता था। इसलिए बीवी ने तलाक दे दिया। " निशा ने फुसफुसाते हुए कहा , " ऑफिस में भी चिड़चडा रहता है। किसी से नहीं बनती सिवाय श्रीवास्तव के। " दोनों फिर अपने काम में लग गए।

प्रियांशी ने शुक्ला जी के डिपार्टमेंट में ही ज्वाइन किया था तो रोज़ काम के सिलसिले में बातचीत होते रहती थी। उसे कभी नहीं लगा की वो चिड़चिड़े है या उनके साथ काम करने में कोई डर लगता हो।

शाम को एक दिन ऑफिस से निकलते वक्त शुक्ला जी ने देखा की प्रियांशी गेट पर ही खड़ी इन्तजार कर रही है। " प्रियांशी , क्या हुआ ? " उन्होंने धीरे से कार का शीशा नीचे करते हुए पूछा।

"सर वो कैब का वेट कर रही थी। उसने अब अपने आप ही राइड कैंसिल कर दी है। "
प्रियांशी ने हाथ में मोबाइल को झटकते हुए कहा।

" कहाँ जाना है आपको ? मै पंजाबी बाग़ की तरफ जा रहा हूँ। रास्ते में कही छोड़ना है तो बताओ। "

" सर , धौलाकुआं जाना है। "

"अरे , वो तो रास्ते में ही है। अगर कोई परेशानी नहीं है तो आप बैठ सकती हो। "

प्रियांशी ने इधर उधर देखा और फिर कार में बैठ गयी।

अगले दिन ऑफिस आते ही निशा ने उसे घेर लिया , मतलब ऑफिस में बात सरेआम हो गयी।

"बेटा , फँस गयी आखिर तू भी शुक्ला के जाल में। " निशा ने बैग अपने टेबल पर रखते हुए प्रियांशी से कहा।

" जाल में ? ऐसा कुछ नहीं है समझी। वो कैब वाले ने राइड कैंसिल कर दी थी तो शुक्ला जी ने लिफ्ट दे दी। बस। "
प्रियांशी ने उतर दिया।

" अच्छा , क्या क्या कह रहे थे शुक्ला जी। "

"कुछ नहीं। ज्यादा बात नहीं की। थोड़ा मेरे परिवार के बारे में पूछा। " प्रियांशी ने कंप्यूटर ऑन करते हुए कहा।

"अच्छा , तूने कुछ नहीं पूछा शुक्ला जी से ?" निशा ने कहा।

"पूछा ना।   उनके परिवार के बारे में।   उन्होंने बताया एक बेटी है , माँ बाप है और पिछले साल ही उनका तलाक हुआ है। " प्रियांशी ने अपनी टेबल पर कागज समटते हुए कहा।

"तूने तलाक का कारण नहीं पूछा ?" निशा अब असली मुद्दे पर आ गयी।

"नहीं निशा , वो उनकी अपनी पर्सनल लाइफ है और मुझे कोई हक़ नहीं है उनकी पर्सनल लाइफ जानने का। वो उनका फैसला होगा और कोई भी आदमी या औरत तलाक जैसा फैसला इतनी आसानी से नहीं लेता होगा। और हम कौन होते है - उनके फैसले को जज करने वाले। " प्रियांशी की यह बात सुनकर निशा चुपचाप अपने काम में लग गयी। उसकी मसालेदार खबर सुनने की उम्मीद धूमिल हो गयी।

दाना

अपनी बालकनी में दोनों चाय पीते हुए दाना चुगते हुए कबूतरों को देख रहे थे। अचानक एक कबूतर उड़ा तो दूसरे कबूतर ने भी उसके पीछे पंख फड़फड़ा दिये।

पति ने कहा ," वो कबूतर तो दाना चुगने के बाद उड़ा , ये कबूतर अभी तो आया था , बिना दाना चुगे ही उड़ गया। "

पत्नी ने उतर दिया ," हो सकता है , वो कही और दाना चुग कर आया हो। "

पति खामोश , पत्नी के स्वर में तंज था।

पहाड़ो से इश्क़

पहाड़ो से नफरत करने वाली लड़की को इतनी जल्दी पहाड़ो से प्यार हो जायेगा , उसे खुद ही पता नहीं चला। जब ट्रांसफर में पोस्टिंग की खबर आयी तो उसने कितने जुगाड़ लगाए थे की तबादला रुक जाए क्योंकि वह पहाड़ो में नौकरी नहीं करना चाहती थी। इन पहाड़ो से नफरत का कारण था उसके पास।

ये पहाड़ उसके माँ बाप को लील चुके थे। बरसो बीत गए थे उस हादसे को , मगर प्रिया को वह ऐसा नासूर दे गये थे जिसके कारण उसे पहाड़ो से नफरत सी हो गयी थी।

दस बरस पहले जब उसके बारवीं क्लास के पेपर थे , उन्ही दिनों उसके पापा निकले थे उसकी माँ को लेकर लेह लद्दाख के टूर पर। बरसातों का मौसम था , पहाड़ दरकने की ख़बरें रोज़ आ रही थी। घर वालो के लाख मना करने के बावजूद पहाड़ प्रेमी पिता अपनी नयी गाड़ी को लेकर निकले थे और वापसी में ऐसा हादसा हुआ की - काँप जाती थी प्रिया उस घटना को याद कर।

नानी के घर रहकर खूब पढ़ाई की प्रिया श्रीवास्तव ने और कृषि वैज्ञानिक बन गयी। पहली पोस्टिंग लखनऊ में थी , मगर , पाँच साल बाद अब उसे केंद्र सरकार ने उत्तराखंड के कृषि अनुसन्धान केंद्र भेज दिया था। कितनी मायूस हुई थी वह उस दिन। उसे लगा था की अब लखनऊ में ही रहकर पुरानी यादों

को भुलाकर एक नयी ज़िन्दगी की शुरुवात करने का समय आ चुका था और साथ में नाना नानी के स्नेह के सानिध्य में और रहना था।

मगर मन का चाहा ही ज़िन्दगी में होता रहे तो फिर ज़िन्दगी में वो रोमांच कहाँ से आयेगा , जिसके लिए ज़िन्दगी बनी है। नक़्शे में जगह देखी तो पता लगा की मैदानी भागो से लगभग 200 किलोमीटर की दूरी पर है उसका नया कार्यक्षेत्र।   कोई डायरेक्ट ट्रैन नहीं है और न ही सीधा कोई फ्लाइट जाती है उधर।

जब शायद दस या ग्यारह साल की थी तो एक बार गयी थी पहाड़ घूमने मगर उस यात्रा में पहाड़ी घुमावदार रास्ते में इतनी उल्टियाँ हुई की पहाड़ आने से हमेशा के लिए तौबा कर ली। मगर पहाड़ प्रेमी पिताजी न जाने कितनी बार पहाड़ो का चक्कर लगा आये और साल में एक बार प्रिया की मम्मी भी पहाड़ दर्शन कर ही लेती थी मगर प्रिया कभी दुबारा हिम्मत नहीं जुटा सकी।   पहाड़ उसे मॉन्स्टर जैसे लगते थे - ऊँचे ऊँचे -जहाँ उसे लगता था एक बार पहुँच जाओ तो जैसे वो खा ही जायेगा।   फिर , उस घटना ने उसके डर को सच साबित कर भी दिया था।

नियति का खेल बड़ा निराला होता है।   वह किस समय क्या रंग दिखायेगी , कोई नहीं जानता।   उसके गर्भ में क्या क्या पहेलियाँ है , उसे सुलझाने के लिए ही वह हमारा इम्तेहां लेती है।   कई बार हमारे कर्मो का क्या परिणाम होगा , वह हमें उचित समय आने पर ही फल को उजागर करती है।

प्रिया श्रीवास्तव ने एक ऐसा कार्यक्षेत्र चुना था जिससे उसका पहाड़ो में जाना थोड़ा कठिन ही था मगर नियति की मर्ज़ी की

आगे सब नतमस्तक ही हुए। अपने नाना जी से एक बार तो उसने इस नौकरी से त्यागपत्र देने के बारे में भी चर्चा की , मगर , नानी ने हर बार समझाया की नौकरी इतनी आसानी से नहीं मिलती और वो भी केंद्रीय सरकारी नौकरी। नानी ने खुद साथ आने की बात की तो उसकी बड़ी हिम्मत बँधी। जुलाई के महीने में प्रिया को नयी जगह पर नौकरी ज्वाइन करनी थी और रोज़ पहाड़ो में भूस्खलन से चट्टानों के खिसकने और रोड बहने की खबरें उसे और डरा रही थी। केंद्रीय कृषि अनुसन्धान केंद्र में कैंपस में ही स्टाफ क्वार्टर थे , ये उसने पता कर लिया था।

एक रोज़ अपनी नानी के साथ प्रिया श्रीवास्तव लख़नऊ से पहाड़ो के लिए रवाना हुई। मैदान तक रेल मार्ग था और उसके बाद उसने टैक्सी कर ली और जैसे ही पहाड़ो की सड़क पर टैक्सी गोल गोल घूमने लगी , उसका सिर भी घूमने लगा। पाँच घंटे की पहाड़ी यात्रा जैसे उसे एक जन्म की थकान दे गयी और पहाड़ , उसे पहाड़ ही लगने लगा। केंद्रीय अनुसन्धान केंद्र बहुत अच्छी जगह बना हुआ था। पूरा क्षेत्र घाटीनुमा था और थोड़ी दूर पर नदी बहती थी। स्टाफ क्वार्टर से नदी साफ़ दिखाई देती थी - बहती हुई , कल कल करती हुई। जॉइनिंग करने के बाद प्रिया और नानी को पहाड़ो की आबोहवा से सामंजस्य बिठाने में समय लगा और बरसाती मौसम वैसे ही चल रहा था। कभी कभी बारिश हो जाती थी , और फिर अचानक से धूप खिल उठती थी। नानी को तो पहाड़ रास आने शुरू हो गए थे। गर्मी का दूर दूर तक नामोनिशान नहीं था। नानी और प्रिया को गर्म कपड़ो के लिए स्थानीय बाजार जाना पड़ा क्योंकि उन्होंने तो सोच रखा था जुलाई के महीने में सूती कपड़ो की क्या आवश्यकता पड़ेगी। लेकिन पहाड़ो का मौसम तो जैसे हर घंटे बदल जाता था।

दिन धीरे धीरे बीतने लगे। प्रिया केंद्र के कर्मचारियों से घुल मिल गयी और नानी भी लख़नऊ के शोरगुल से बहुत दूर प्रकृति की गोद में ताज़ी हवा और ताजे पानी के मजे लेने लगी।

उस रात बहुत बारिश हुई। अचानक नदी से उठने वाला शोर बढ़ गया। प्रिया ने महसूस किया जैसे नदी में बाढ़ आ गयी है और सुबह देखा तो सचमुच नदी का स्तर बहुत बढ़ चूका था और नदी अपने पूरे वेग से लाल मिटटी बहा लिये जा रही थी। उसे वह भयावह मंजर याद आया जब उसके नाना जी बताया की उसके माता पिता भी भयंकर बरसात में कार के खाई में गिरने से मरे थे और उनकी लाश नदी के भयानक उफान में न जाने कहाँ गायब हो गयी थी। पंद्रह दिनों के बाद उनकी लाश 100 किलोमीटर दूर पायी गयी थी।
ये पहाड़ कितने कठोर और निर्दयी होते है - सोचकर घबरा जाती थी।

उसी केंद्र में एक और वैज्ञानिक स्थानांरित होकर आये थे और नाम था - अनिमेश। अनिमेष हैदराबाद से इस केंद्र में आया था। शक्ल से जैसा वैज्ञानिक लोग पहचाने जाते है , वो बिलकुल उलट था। बिंदास , हँसमुख , बात बात पर खिलखिलाने वाला - अनिमेष। प्रिया उसको रोज़ देखती की ऑफिस के बाद जहाँ सारे कर्मचारी क्वार्टर्स की तरफ जाते थे , वह अपनी बुलेट से कैंपस से बाहर निकल जाता था। एक प्रोजेक्ट में जब उन दोनों को संयुक्त रूप से काम करना था तो प्रिया की उससे जान पहचान होना शुरू हुई। बातो बातों में उसे पता चला की वह तो हैदराबाद से कितनी मिन्नतों और सिफारिशो के बाद पहाड़ आया है। वह तो कब से आना चाहता था पहाड़। बचपन में

दो चार बार अपने परिवार के साथ आया था , उसे तो पहाड़ो से प्यार हो गया था। वह यही बसना चाहता था। उसे घंटो नदी किनारे बैठना पसंद था , उसे पहाड़ो के उतार चढ़ाव भरे रास्ते पसंद थे , उसे हिमालय को निहारना अच्छा लगता था। उसे चीड़ के जंगलो की सांय सांय संगीत जैसा लगता था। किलमोड़े , हिसालु , बेड़ू , काफल , बमोर , हरड़ जैसे फल उसे बेहद पसंद थे। उनकी नयी किस्मे विकसित करने के लिए बड़ा उत्सुक था।

वह रोज़ ऑफिस के बाद अपनी बाइक लेकर पहाड़ की चोटी पर एक कैफ़े बना था , चला जाता था और फिर ढलते सूरज को पहाड़ के पीछे छुपते हुए और हिमालय के बदलते रंगो को देखता रहता था। यह उसके लिए स्वर्गिक अनुभव था , जो वो हर रोज महसूस करता था।

धीरे धीरे जब प्रिया से उसकी दोस्ती सी होने लगी तो एक दिन उसने प्रिया से पूछ ही लिया की ऑफिस के बाद कॉफ़ी पीने चलोगी तो प्रिया भी इंकार न कर सकी। वह भी देखना चाहती थी रोज़ ऑफिस जाने के बाद आखिर ये जाता कहाँ है ?

ऑफिस के बाद दोनों बाइक पर बैठकर उस चोटी तक पहुँच ही गए। देवदार के घने जंगलो के बीच से घुमावदार सड़को को पार करते ही एक मोड़ पार किया तो प्रिया के मुँह से बाँहें फैलाये हिमालय को देखकर " वाह " निकल ही आया। छोटा सा ही कैफ़े था वह , लेकिन उस कैफ़े की स्थिति इतनी खूबसूरत थी की कोई आये तो बस वही का होकर रह जाए। कैफ़े वाले ने बाहर ही कुर्सियां और टेबल लगा रखी थी। दूर दूर तक बस पहाड़ो की चोटियाँ और उसके बाद हिमालय खड़ा था। नीचे तलहटी में नदी जैसे एक रेखा जैसी दिखाई दे रही थी और देवदार और बाँझ के पेड़। अप्रतिम सौंदर्य प्रकृति

का।   अनिमेष आर्डर देकर एक सिगरेट ले आया और कैफ़े में रखा अपना गिटार।

" ओहो , तो तुम इसीलिए हर रोज़ यहाँ आते हो ताकि आराम से सिगरेट पी सको और गिटार बजा सको डॉक्टर साहब। " प्रिया ने आते हुए अनिमेष से पूछा।

" हाँ , इस सुनसान सी जगह पर आना मुझे अच्छा लगता है। दूर दूर तक फैली वादियाँ , सामने हिमालय , देवदार के पेड़ो की छाँव - और क्या चाहिए ज़िन्दगी में। " अनिमेष ने कुर्सी पर बैठते हुए कहा।

थोड़ी देर में कॉफ़ी भी आ गई।   पहली बार प्रिया को पहाड़ के घुमावदार रास्ते अच्छे लगे।   बाइक में बैठकर जब वह ऊपर को आ रही थी तो ठंडी हवा जैसे उसके कानो में कोई संगीत बजा रही थी।   प्रिया के अनुरोध पर उसने गिटार भी बजाया।

" एक साइंटिस्ट के हाथ में गिटार , कम ही देखा और सुना है डॉक्टर साहब। " प्रिया ने कॉफी की एक सिप पीते हुए कहा। "क्या बताऊँ प्रिया मैडम , बनना तो सिंगर था , मगर किस्मत में साइंटिस्ट बनना लिखा था। " अनिमेष ने हँसते हुए उतर दिया और फिर एक गीत गुनगुनाते हुए गिटार बजाने लगा।   थोड़ी देर इधर उधर की बातें करने के बाद जब अँधेरा बढ़ने लगा तो वह वापस नीचे उतर गए।   फिर अक्सर हफ्ते में दो तीन बार वह शाम को उस कैफ़े में साथ जाने लगे।   उधर नानी की सेहत में जबरदस्त सुधार होने लगा और उनके घुटनो के दर्द के साथ स्वास की बीमारी भी ठीक होने लगी।   स्टाफ क्वार्टर के आगे उन्होंने क्यारियों में सब्जियाँ उगाना शुरू कर दिया था।

नाना जी यह खबर सुनकर बड़े खुश थे और ज़िद्द करने लगे की एक दो महीने बाद कुछ दिनों के लिए वह भी पहाड़ आयेंगे।

पहाड़ अब प्रिया के लिए उतने कठोर नहीं रह गए थे, वह उसकी कड़वी यादों के लिए जैसे प्रायश्चित करने को तैयार थे। नवंबर शुरू हो चुका था और पहाड़ो में अब दिन बहुत छोटे और ठण्ड बढ़ने लगी थी। सहकर्मियों ने पहले ही हिदायत दे दी थी की दिसंबर और जनवरी में बर्फ़बारी भी होती है। प्रिया ने बर्फ़बारी सिर्फ टीवी या फिल्मो में देखी थी या फिर अपने माता पिता की फोटो में। उसके माता पिता तो बर्फ़बारी का मजा लेने लगभग हर साल पहाड़ो का रुख कर ही लेते थे। नानी भी इतनी ठण्ड की आदी नहीं थी। मगर ग्रामीणों की सलाह पर उन्होंने एक अंगीठी और कुछ लकड़ियों का इंतजाम भी कर लिया था। वैसे कमरे में हीटर की व्यवस्था थी, मगर जो गर्मी आग देती है, वह ऊष्मा हीटर की गर्मी में कहाँ। नानी तो जैसे पहाड़ो में रमने लगी और उन्होंने अपने घर काम करने वाली बाई से बहुत जानकारियाँ इकट्ठा कर ली थी।

प्रिया भले ही शहरो में पढ़ी लिखी लड़की थी मगर दिल से बहुत शांत रहने वाली लड़की थी। अपनी भावनाओ को अपने तक ही सीमित रखना उसकी आदत थी। माता पिता ने पूरी आजादी दी थी और बहुत लाड़ प्यार से पली इकलौती संतान अपने नाना नानी का संसार थी। नानी न जाने उसको कितनी बार समझा बुझाकर थक चुकी थी की वह ज़िन्दगी भर उसके साथ नहीं रह पायेगी, उसे अपने लिए कोई साथी ढूँढना ही पड़ेगा मगर प्रिया हर बार हँसकर इस बात को उड़ा देती थी। पूरे बत्तीस बरस की हो गयी थी प्रिया। माता पिता की मौत के बाद उसने किताबो को अपना ऐसा साथी बनाया की साइंटिस्ट

बन गयी। अब पेड़ पौधों की नयी नयी प्रजातियाँ विकसित करना ही उसका शौक था और यही शौक आज उसे पहाड़ो में ले आया था , जहाँ वह कभी नहीं आना चाहती थी।

उस दिन सुबह से बारिश हो रही थी। मौसम विज्ञान पहाड़ो के लिए बर्फ़बारी की चेतावनी जारी कर चुका था। मगर पूरे दिन बारिश होती रही जो रात तक चलती रही। अगले दिन सुबह प्रिया ने जब अपने कमरे का दरवाजा खोला तो देखकर सीधा नानी के कमरे में पहुँची। " नानी , उठो। देखो बाहर क्या हो रहा है ?" नानी ने आँख मलते हुए पूछा ," क्या हुआ लाडो ? बाघ आ गया क्या कोई ? वह शांति बता रही थी - कभी कभार बाघ भी आ जाता है यहाँ कुत्तो की तलाश में। "

" अरे नहीं नानी , देखो तो बाहर। " प्रिया ने नानी की खिड़की खोलते हुए कहा।

नानी ने बाहर झाँका तो देखती रह गयी। पूरा आँगन सफ़ेद रुई से भर चुका था और आसमान से रुई की फाँके धीरे धीरे नीचे उतर रही थी। कितना मनोरम दृश्य था। सारे आँगन में जैसे किसी ने सफ़ेद चादर बिछा दी हो और माहौल इतना शांतिपूर्ण था की कही कोई हलकी आहट हो तो दूर तक सुनाई दे। दोनों इस नज़ारे में खो से गए। यह वाकई उन दोनों के लिए कुछ खास पल थे। "नानी , मैं थोड़ा बाहर हो आऊं। मैं ये सफ़ेद रूइयाँ इकट्ठा करना चाहती हूँ। " प्रिया ने कहा।

" चली जा , मगर संभल के। शांति बता रही थीं जब बर्फ गिरती है तो पेड़ भी गिर जाते है यहाँ और हिम मानव भी घूमते है फिर यहाँ। " नानी ने कहा।

" नानी , हमारे घर के आँगन में कौन सा पेड़ गिर जायेगा और फिर हिम मानव कुछ नहीं होता। " वह सूती ओवरकोट और सिर में फरनुमा टोपी पहनकर अपने आँगन में हाथ फैलाकर आसमान से गिरती बर्फ के रेशो को महसूस करने लगी। कितना अलौकिक एहसास था उसके लिए यह सब।

बत्तीस सावन गुजरने के बाद आज उसके अंदर इस ठंड में जैसे कुछ जम नहीं रह रहा था , बल्कि पिघल रहा था और धीरे धीरे रुई के फाँको में लिपट जैसे उसके अंदर कुछ गर्मी उत्पन्न हो रही थी।   नानी भी अपनी नातिन के भावो को अपनी अनुभवी आँखों से समझने का प्रयास कर रही थी। उसकी टोपी पर बर्फ की फाँको ने जैसे सफ़ेद हीरे से जड़ दिये थे और वह किसी परी से कम नहीं लग रही थी।   नानी ने पहली बार अपनी नातिन के यौवन को फलते देखा था।

उसकी साँसों की गर्माहट धुंआ बनकर उसके मुँह से निकल कर बिखर रही थी।   अभी उसे कानो पर गिटार की मधुर ध्वनि सुनाई दे रही थी , जो शायद अनिमेष बजा रहा था।   कितना रूमानी एहसास था उसके लिए।

आज उसने तय कर लिया की धूप आने के बाद वह अनिमेष से खुद कहेंगी की चलो उस कैफ़े में कॉफ़ी पीने चलते है और पहाड़ो को निहारते है।   सच में कितने खूबसूरत है ये पहाड़ जहाँ रूई की फांके बन पानी बरसता है और जगा जाता है दिल में छुपे न जाने कितने अरमान।

प्रिया को पहाड़ो से इश्क होना शुरू हो चुका था और पहाड़ो

को प्रायश्चित करने का मौका मिल गया था। एक नई कहानी बनने की शुरुवात हो चुकी थी। आसमां से टूट कर गिरती ये सफ़ेद फाँके अपना जादू दिखा चुकी थी।

प्रिया भी खुश थी और पहाड़ भी।

पहाड़ प्रकृति का अद्भुत उपहार है। जब आप इसको अपना समझने लगते हो तो ये दुगने वेग से आपको समझने लगते है। कुदरत ने जैसे सौंदर्य की बरसात कर रखी हो पहाड़ो में। किसी ऊँचे धार से आपको मीलो फैले पहाड़ , घाटियाँ , जंगल दिखाई पड़ते है तो दूसरे ही पल नीचे तलहटी में बहती कल कल नदी सर्पाकार में बहती हुई गुम सी होती दिखायी देती है। नीला आसमान जैसे आपके ऊपर छतरी सा करता हुआ प्रतीत होता है और आप बाहें फैलाये जैसे उस ताजी हवा को महसूस करते हो , जो आपके कानो के पास से मधुर सँगीत बजाती हुई छू कर गुजरती है। फिर आप किसी पेड़ के नीचे बैठकर जैसे फैले हुए जंगल को देखते हो और महसूस करते हो वो असीम शांति जो कभी न भुलाने वाली होती है। जंगली फल या फूलो को जब आप छूते हो तो वो जैसे आपसे लिपटने के लिए तैयार रहते है।

पहाड़ो का आसमान एक पहाड़ से दूसरे पहाड़ तक ही होता है और जब एक पहाड़ से सूर्य उदय होकर दूसरे पहाड़ में डूबता है तो जैसे एक पूरे आसमान की यात्रा कर लेता है।

नदी किनारे लाये गए गोल गोल छोटे पत्थर ऐसे लगते है जैसे उन्हें खुद नदी ने उन्हें तराशा हो और न जाने कहाँ से लेकर यहाँ तक इस पत्थर ने नदी के साथ यात्रा की हो और फिर नदी

उसको यहाँ एक आकार देकर छोड़ गयी और आगे बढ़ गयी। कितनी बार प्रिया अपनी नानी को लेकर गयी थी नदी किनारे। दोनों नदी किनारे फैले इन पत्थरो में बैठकर पैर पानी में डालकर बैठी रहती थी और नदी का निर्मल और ठंडा बहता पानी जब उनके तलुवों में लगता था तो कैसे पूरे शरीर में झनझनहाट सी होती थी। प्रिया तो जैसे नदी किनारे गीत गुनगुनाकर नानी को छेड़ती रहती थी। नानी भी बिना माँ बाप की उस लड़की के सपनो को जैसे खुद में महसूस करती थी।

प्रिया को अब धीरे धीरे पहाड़ो से प्रेम होने लगा था।

कामकाजी महिला

ऑफिस से घर जाते हुए निशा को डर लगने लगा था। छः लोगो के परिवार में घर पहुँचते ही थोड़ा सुस्ताने की हसरत पाले निशा घर पहुँचते ही और ज्यादा व्यस्त हो जाती थी। सास ससुर की शाम की चाय , बेटे का होमवर्क और रात के खाने की तैयारी। कितनी बार उसने रजत से कहा था की एक काम वाली रख लेते है मगर सास ससुर उनके इस विचार से ही गर्म हो जाते थे। रजत मार्केटिंग जॉब में था और अक्सर घर से बाहर ही होता था। रजत की छोटी बहन - प्रिया तो जैसे घर में रहती ही नहीं थी , मगर , उसको भी आते ही गर्मागर्म खाना और कमरा साफ़ चाहिए था।
आज ऑफिस में थोड़ा ज्यादा ही काम था तो निशा को जरा देर हो गयी।

घर का दरवाजा खुलते ही सासु ने ऐसा चेहरा बनाया जैसे वह कोई भयानक जुर्म करके आयी हो।   " निशा , तुम्हारे बाबू जी आज शाम की चाय पिए बिना ही घूमने चले गए है। कहाँ हो गयी इतनी देर। " सासु माँ ने दरवाजा धपाक से बंद करते हुए पूछा।

"माँ जी , वो ऑफिस में कुछ अर्जेंट काम था , उसी को करने में वक्त लग गया। " सीधा कमरे में जाकर पर्स रखा और चाय

चूल्हे में रख दी।

"मम्मी , मेरा होमवर्क करवा दो। मैंने बुआ को कहा मगर वो अपने फ़ोन में वेब सीरीज देखने में बिजी है। " अक्षिता अपनी कॉपी किताब किचन में लाते हुए बोली।
" हाँ बेटा , करवाती हूँ। दादी के लिए चाय बना देती हूँ फिर करवाती हूँ। आप तब तक टैब देख लो।"

निशा ने माता जी को चाय बनाकर दी और फिर फ्रेश होने चल दी।   थोड़ी देर में ससुर जी को भी चाय देकर रात का खाना बनाने में जुट गयी और भूल गयी की अक्षिता का होमवर्क भी कराना है। अक्षिता तो टैब में बिजी हो गयी।
"भाभी , अक्षिता को टैब आपने दिया है? वह पिछले दो घंटे से आपके कमरे में टैब ही देख रही है। " प्रिया , अक्षिता से टैब छीनते हुए बोली।

" अरे , मैं तो भूल ही गयी। मैंने उसको होमवर्क कराना था। " निशा ने पसीना पोछते हुए कहा।
"बिगाड़ो , और बिगाड़ो इस शहजादी को। दिन भर या टी वी देखते रहती है या फोन में घुसी रहती है। कल ही इसने मम्मी का फ़ोन भी ख़राब कर दिया है। " प्रिया ने कहा।

तड़ाक ! निशा का एक जोरदार तमाचा नन्ही सी अक्षिता के गाल पर पड़ा और वो नन्हे गाल , सुर्ख लाल हो गए।   "जाओ यहाँ से , वो कहानी की किताब पढ़ो जो तुमने कल मंगाई थी। और खबरदार अब फ़ोन या टैब को हाथ लगाया तो। "

नन्ही अक्षिता रोते रोते अपने कमरे में जाकर सुबकने लगी और

निशा खाना बनाने में व्यस्त।

"प्रिया , खाना बन गया है। अक्षिता को भी लेकर आ जाओ। " निशा रोटियां सेंकते हुए बोली।

" आपकी महारानी सो गई है। लाओ भाभी , बहुत भूख लगी है। "

सबको खाना खिलाकर निशा फिर से कमरे में गयी और अक्षिता को सोते देख अंदर से टूट सी गयी। तभी उसका फ़ोन बजा , रजत का फ़ोन था।
" हाई निशा , कैसी हो और कैसा रहा आज का दिन ?"

" सब बढ़िया है और आप कब तक आ रहे हो ?" निशा ने पूछा।
"मुझे अभी एक और हफ्ता लग जायेगा , कुछ क्लाइंट्स को गोवा घुमाना है। अगले हफ्ते आ जाऊंगा। ठीक है , अपना ध्यान रखना। और हां , अक्षिता की पढाई पर जरा ध्यान देना। बाबूजी कह रहे थे की ज्यादा बिगड़ने लगी है आजकल। खाना खा रहा हूँ , फ़ोन रखता हूँ। "
निशा ने जैसे तैसे डाइनिंग टेबल से बर्तन उठाये और जल्दी जल्दी माँझ कर अपने कमरे में चली गयी।
निशा निढाल होकर बिना खाये अक्षिता के बगल में लेटकर सुबकने लगी और फिर पता नहीं - कब उसकी भी आँख लग गयी। अक्षिता का होमवर्क आज भी अधूरा रह गया।

दूसरी लहर

ऑक्सीजन सिलिंडर , ऑक्सीजन कॉन्सेंट्रेटर , ऑक्सीजन सेचुरेशन - ये कभी मेडिकल टर्म ही थे और हॉस्पिटल वाले ही इन्हे जानते थे मगर मार्च में शुरू हुई दूसरी कोरोना लहर ने इन्हे सबकी जुबान पर ला दिया।

हरिद्वार के कुम्भ और पांच राज्यों के चुनावो ने कोरोना को फैलने के लिए वह मैदान दे दिया जिसे हम पिछले एक साल से संभाल के रखे थे। हर तरफ हाहाकार मचना शुरू हुआ और अप्रैल के परवान चढ़ते ही इस महामारी ने सुरसा का रूप धारण कर लिया। एक दिन में पाँच लाख केस जो कभी अमेरिका में ही सुने थे , हमारे देश में भी सुनाई देने लगे। क्या महाराष्ट्र , क्या मध्यप्रदेश , क्या उत्तरप्रदेश , पहाड़ी राज्यों - उत्तराखंड और हिमाचल में भी इसने भीषण दस्तक दे दी।

दिल्ली और उसके आस पास का क्षेत्र जैसे कराह उठा। अस्पतालों में बेड की कमी से रोज़ लोगो की साँसे टूटने की खबरे दिल दहलाने लगी। मई आते ही सूरज का प्रकोप भी परवान चढ़ने लगा और लोग लॉक डाउन से घरो तक सिमट गए। अब तो लगने लगा जैसे यह वायरस हर जगह अपनी पैठ बना चूका है।
वेक्सिनेशन के लिए जहाँ पहले पैतालीस पार के लोग लाइन

लगाने से कतरा रहे थे , 18 + के लिए खुलते ही सारे वेक्सिनेशन सेंटर बुक हो गए।

हम अब एक ऐसे दौर में जीने को मजबूर हो गए थे , जो पहले शायद किसी ने नहीं देखा था। इतिहास तो बताता है की पिछली सदी के दूसरे दशक में भी स्पेनिश फ्लू नाम की एक बीमारी ने इसी तरह तांडव मचाया था और करोडो लोगो का जीवन समाप्त किया था। वो तब का समय था जब यातायात के साधन सीमित थे , आवाजाही कम थी। उन्नति के सोपान पर चढ़ चुकी हमारी इक्कसवी सदी की दुनिया अब पूरी दुनिया का चक्कर एक दिन में लगाने में सक्षम हो चुकी थी और शायद इसीलिए इस बीमारी का प्रसार भी इतनी तेजी से हुआ।

प्रश्न लाजिमी ये है की एक दूसरे देश में पनपी यह महामारी हम तक पहुँची कैसे ?
याद करिये - चीन के एक प्रान्त वुहान में जब ये महामारी फैली तो वहाँ रह रहे विदेशियों ने तुरंत अपने अपने देश लौटना शुरू कर दिया। चीन की सरकार बहुत समझदार निकली - उसने बहुत देर में इस महामारी का खुलासा किया , तब तक बहुत से वुहान में रह रहे विदेशी इसे अपने देश तक पहुँचा चुके थे। भारत भी इससे अछूता नहीं था। मगर भारत सरकार ने तुरंत लॉक डाउन लगाकर बहुत हद तक इस महामारी को रोकने में कामयाबी प्राप्त कर ली। फिर धीरे धीरे लोगो को लगने लगा की स्थिति अब नियंत्रण में है तो धीरे धीरे सब कुछ खुलने लगा। 2021 के जनवरी आते आते हम एक तरह से निश्चिंत हो गए क्योंकि टीका तब तक बन चूका था। यही निश्चिन्तता में चूक हो गयी। सब कुछ सामान्य होने से पहले ही मार्च आते आते केसेस में वृद्धि होनी शुरू हो गयी। अप्रैल में स्थिति भयावह

स्थिति में पहुँचने लगी। कुम्भ , चुनावों ने रही कसार भी पूरी कर दी। विषाणु अपने आप में अद्भुत और कुदरती करिश्मा है। वह एक शरीर से दूसरे शरीर में प्रवेश कर अपने रूप को शक्तिशाली और शक्तिशाली करता जाता है। यही म्युटेंट होकर एक अलग और शक्तिशाली रूप में लोगो के फेफड़ो को जकड़ने लगा। फेफड़ो ने प्राकृतिक रूप से ऑक्सीजन लेना बंद किया तो ऑक्सीजन की माँग ने देश में हाहाकार मचा दिया। ऐसा नहीं था की देश में ऑक्सीजन की भारी किल्लत थी , मगर भौगोलिक विवशता तो थी ही। ज्यादातर ऑक्सीजन प्लांट पूर्व में थे और मरीज पश्चिम में। इसी परिस्थिति ने देश में ऑक्सीजन संकट खड़ा कर दिया और लोग बिना ऑक्सीजन मिले दम तोड़ने लगा। जब सरकारी इंतजाम नाकाफी जान पड़े तो लोगो ने खुद ही ऑक्सीजन सिलिंडर जमा करने शुरू कर दिए।

ससुर जी को कुछ तकलीफ हुई तो नोएडा के एक प्राइवेट हॉस्पिटल की इमरजेंसी में ले गया। वह नॉन कोविड अस्पताल था , इमरजेंसी में पता किया तो पता लगा की अस्पताल में कोई भी बेड उपलब्ध नहीं है। ओ पी डी में दिखाकर घर ले जाओ। खैर , ससुर जी की तबियत उतनी भी ख़राब नहीं थी मगर जिस सी टी स्कैन को कराने के लिए पहले सोचना पड़ता था , डॉक्टर धड़ाधड़ करवा रहे थे। सी टी स्कैन में पता चला की फेफड़ो में थोड़ा पानी भर गया है और आर टी पी सी आर कराने के बाद ही कुछ कहा जा सकता है। अगले दो दिन बड़ी मुश्किल से कटे क्योंकि सरकारी टेस्टिंग केंद्र पर बहुत बड़ी भीड़ थी। एक प्राइवेट लैब का संपर्क मिला तो उससे घर पर ही सैंपल लेने को राजी हुआ और उसने बताया की रिपोर्ट तीन दिन बाद आयेगी। अगले तीन दिन लैब की वेबसाइट खंगालते रहे।

तीसरे दिन रात को रिपोर्ट आयी और ससुर जी पॉजिटिव निकले। अच्छी बात ये थी की वायरल लोड बहुत ज्यादा नहीं था और ऊपर से ससुर जी बहुत ही सकारात्मक व्यक्तित्व। मुकाबला करने की ठान ली। इमरजेंसी में ऑक्सीजन की जरुरत पड़ेगी तो क्या करेंगे - सवाल ने झकझोर दिया। जितने लिंक और परिचित थे सबसे पता किया , मगर निराशा ही हाथ लगी।

डॉक्टर को रिपोर्ट दिखाई तो उसने कुछ सुझाव दिए। सुझावों पर अमल किया तो तीन दिन बाद ही ऑक्सीजन सेचुरेशन जो 90 तक था , 95 से ऊपर पहुँच गया। दवाइयों के प्रभाव से ज्यादा उनका मनोबल ऊँचा था और उनकी यही जिजीविषा काम कर गयी। मगर सारे लोगो के साथ ऐसा नहीं था। लगातार खबरे आती रही और शमशान पटते रहे। वहां भी टोकन व्यवस्था लागू हो गयी।

एक वायरस का आतंक पूरे भारत पर छा गया। ऑक्सीजन की सप्लाई के लिए सरकार ने सेना और रेलवे दोनों को लगा दिया जिन्होंने उखड़ती साँसो को फिर से ऑक्सीजन देना शुरू कर दिया। राजनीती बदस्तूर जारी थी और कालाबाजारी अपने चरम पर।

वैसे पूरे प्रदेश में लॉक डाउन लगा हुआ है मगर हमारी मैन्युफैक्चरिंग कंपनी बदस्तूर जारी है। कंपनी के मालिक घर पर ही बैठे है मगर कर्मचारियों से उम्मीद है की वो रोज़ ऑफिस आये और जम कर उत्पादन करे। उनकी वही उम्मीद पूरी करने रोज़ ऑफिस आ रहे है। कैसे कैसे चरित्र

उजागर करेगा भगवान और।
कहते है - शो मस्ट गो ऑन।

प्राइवेट नौकरी तो वैसे भी मैनेजमेंट की कृपा पर टिकी होती है और इस माहौल में नौकरी चले जाना का खतरा - कर्मचारियों के वैसे ही हाथ पैर फूला देता है। जान जोखिम में डालकर जी हजूरी करना शायद नियति है।

वायरस आया है तो जायेगा भी , ये तय है क्योंकि मानव इतिहास में कितने वायरस आये और चले गए लेकिन मानव हर काल में बचा रहेगा , जब तक धरती है। मनुष्य की जीने की चाहत उसे फिर विजय दिलवायेगी भले ही कीमत कितनी ही बड़ी क्यों न चुकानी पड़े। आज वेक्सिनेशन के लिए फिर प्रयत्न किया मगर सारे स्लॉट एक हफ्ते के लिए बुक है।

देखते है - आगे आगे मनुष्य और इस सूक्ष्मजीवी की दौड़ कहाँ तक चलती है और कहाँ पर ख़त्म होती है।

मदद

कोरोना अपने चरम पर था। मिस्टर गुलाटी और मिसेज गुलाटी ने सोसाइटी के फ्लैट से बाहर जाना लगभग बंद ही कर दिया था। सामान की जरुरत पड़ती तो किराना वाला फ्लैट के गेट पर रखकर घंटी बजाकर चला जाता। सुबह और शामे फ्लैट की बालकनी में ही कटने लगी। बेटी अपने परिवार के साथ हैदराबाद में थी और बेटा सिंगापुर में।

सब कुछ ठीक ही चल रहा था की एक दिन रात को मिसेज गुलाटी को हल्का फीवर चढ़ गया। रात को वीडियो कालिंग में बेटे ने पिताजी को सलाह दी की टेस्ट करवा लो तो मिस्टर गुलाटी ने कहा की आज हलकी बरसात हुई है , शायद मौसम बदलने से फीवर हो गया हो।

बुखार तीन दिन तक नहीं उतरा तो मिस्टर गुलाटी ने बेटे को बताया तो उसने वही से एक लैब का होम कलेक्शन का अपॉइंटमेंट बुक कर दिया। अगले दिन वह सैंपल लेने आया तो मिसेज गुलाटी से खड़ा भी नहीं हुआ गया। मिस्टर गुलाटी सेवा करते रहे। अगले दिन पॉजिटिव की रिपोर्ट आ गयी।

बेटा और बेटी दोनों घबरा गए। तुरंत ऑक्सीजन चेक करने को कहा तो मिस्टर गुलाटी ने बताया की वह हर चार घंटे में

ऑक्सीमीटर से ऑक्सीजन लेवल चेक कर रहे है और वह अभी तक 95 से नीचे नहीं गया है।

तुरंत ऑनलाइन डॉक्टर से कंसल्टेंसी ली गयी और उसने कुछ टेस्ट और दवाइयाँ बताई। बच्चो ने दवाइयाँ भी ऑनलाइन आर्डर कर दी। पांचवे दिन मिसेज गुलाटी का बुखार उतरा तो खाँसी ने जकड लिया। एहतियात बरतते बरतते अब मिस्टर गुलाटी की बारी आ गयी। उन्हें भी बदन दर्द और फीवर की शिकायत होने लगी।

बेटे ने तुरंत अपने दो चार दोस्तों को फ़ोन किया सबने लॉक डाउन का बहाना बनाकर अपना पल्ला झाड़ लिया। बेटे ने थक हारकर अपने चाचा को अनमने मन से फ़ोन लगाया।

गुलाटी साहब और उनके भाई पिछले दो साल से पहले तक दिलशाद कॉलोनी में संयुक्त परिवार में ही रहते थे, मगर फिर घर में कुछ कहा सुनी के बाद दोनों ने पुस्तैनी घर बेचकर अपने अपने लिए फ्लैट खरीद लिये और तब से दोनों परिवारों में बोलचाल बंद थी।

पहली बार फ़ोन मिलाया तो चाचा ने फ़ोन नहीं उठाया तो मिस्टर गुलाटी के बेटे अमर को चिंता होने लगी। उसने फिर फ़ोन लगाया तो इस बार चाचा ने उठा लिया। अमर ने सारी बात चाचा को बताई तो चाचा ने बोला की अभी लॉक डाउन चल रहा है, कुछ नहीं हो सकता और फ़ोन काट दिया।

लेकिन अगले दो तीन घंटे परेशान रहे। अमर ने फिर अपने पिताजी को फ़ोन लगाया।

" पिता जी , आप चिंता मत करना। मैं कुछ न कुछ इंतजाम करता हूँ। किसी नर्स को हायर करता हूँ आपकी और माँ की देखभाल के लिए। "

मिस्टर गुलाटी बोले ," उसकी कोई जरुरत नहीं बेटा , तेरा चाचा आ गया है। वह सब सँभाल लेगा। "

रिश्तो की खटास जरुरत पड़ने पर मिठास में बदल गयी और अमर को भी पता था की अब अगर चाचा पहुँच गया है तो उसके माता पिताजी को कोई तकलीफ नहीं होगी।

हुआ भी यही , अगले दस दिन में मिस्टर गुलाटी और मिसेज गुलाटी कोरोना नेगेटिव हो चुके थे। लेकिन इन दस दिनों में चाचा ने क्या क्या नहीं किया , ये सिर्फ वो ही जानते थे - दवाइयों से लेकर ऑक्सीजन सिलिंडर का इंतजाम करने तक।

खुद को सुरक्षित रखते हुए उन्होंने जो शानदार लड़ाई लड़ी , वो काबिलेतारीफ थी।

जब अमर का फोन आया तो पिताजी ने बताया की उसके चाचा के कारण ही आज वो ज़िंदा है तो अमर ने कहा ," जरा चाचा को फ़ोन दो। "

" चाचा जी , थैंक यु वैरी मच। आप नहीं होते तो पता नहीं क्या होता ?"
" अरे अमर , तेरे पापा पहले मेरे भाई है और फिर तेरे बाप। ऐसे कैसे छोड़ देता उनको अकेला। और फिर अभी और भी

तो लड़ना है भाई साहब के साथ - गाँव वाली प्रॉपटी के लिए। "
चाचा जी खिलखिला दिये और अमर भी हँस दिया।

रिश्ते फिर से जुड़ गए और इस कोरोना ने दो घरो को फिर एक
कर दिया।

किस

"शेखर , मैं घर पर बोर हो जाती हूँ। मैं फिर से जॉब करना चाहती हूँ। " अवनी ने बेड पर तकिया फेंकते हुए कहा।

" पता भी है तुम्हे ऑफिस कर प्रेशर। आराम की ज़िन्दगी जी रही हो अवनी। एन्जॉय करो। देख रही हो - ऑफिस का काम अभी भी कर रहा हूँ। " अपने लैपटॉप के स्क्रीन से थोड़ा सिर उठाकर शेखर ने कहा।

" आराम की ज़िन्दगी।   पिछले आठ सालो से आराम की ज़िन्दगी ही जी रही हूँ।   अब बहुत हो गया।   बच्चे बड़े हो गए है और उनकी देखभाल के लिए माँ बाबूजी भी है।   मैं काम करना चाहती हूँ शेखर। " अवनि ने एक तकिया गोद में रखा और राकेश के बगल में बैठ गयी।

" पैसे कमाने है ? मैं बहुत कमा लेता हूँ।   तुम घर ही सम्भालो। "

" अरे यार , मुझे पता है तुम्हारी सैलरी से घर बड़े आराम से चल रहा है और चल भी जायेगा।   लेकिन मैं अपने लिए काम करना चाहती हूँ जिसके लिए मैंने ज़िन्दगी भर पढाई की। सिर्फ पैसो की ही चाहत नहीं है मेरी।   मै अपनी पहचान फिर से पाना

चाहती हूँ। "

" पहचान ?"

" पहचान ? पहचान है तो सही तुम्हारी। इतने बड़े बैंक के वाईस प्रेजिडेंट की बीवी हो और दो सुन्दर सुन्दर बच्चे है और क्या चाहिए ? घर , गाड़ी और बैंक बैलेंस - सब तो है तुम्हारे पास। सच कहूं - मैं तुम्हारी जगह होता न , कभी नौकरी नहीं करता " शेखर ने लैपटॉप बंदकर साइड टेबल पर रखते हुए कहा।

" चलो एक काम करते है। मैं नौकरी ढूँढती हूँ और जैसे ही मैं नौकरी पर जाने लगूँ, तुम अपनी नौकरी छोड़ देना और फिर आराम से घर पर बैठना और बच्चो के साथ खेलना। जो मर्जी हो वो करना। "

" अरे नहीं , मैं घर पर नहीं बैठ सकता। इतनी मेहनत से एक मुकाम हासिल किया है , नाम बनाया है। ऐसे ही नहीं छोड़ा जा सकता। " शेखर ने तिलमिलाते हुए कहा।

" यही तो शेखर। अब सोचो मुझे कैसा लगता होगा ? दस साल पहले में इंडिया की टॉप 100 एच आर प्रोफेशनल में शामिल थी। घर और बच्चे सँभालने के चक्कर में सब कुछ ख़त्म। उस समय मैंने त्याग किया और ये जरुरी भी था लेकिन अब नहीं है। " अवनी ने धीरे से अपना सिर शेखर के कंधे में रखा और एक हाथ से शेखर का हाथ पकड़कर कहा।

" हाँ , समझ सकता हूँ। अपने बैंक में ही बात करू तुम्हारी

जॉब के लिए। "

" नहीं मिस्टर शेखर , मैं खुद ही ढूँढ लूँगी।   आठ साल हो गए तो क्या हुआ ? मेरा विश्वास अभी भी बरकरार है और मुझे अपने हुनर पर अभी भी भरोसा है। "

अवनि ने टेबल लैंप की बत्ती बुझाई और शेखर को एक गुड नाईट किश देकर चादर ढक ली। शेखर ने महसूस किया की किस में आज ज्यादा गर्माहट थी।